"A gallus moose taen a dauner
through a scary big wood.
A fox clocked the moose
an the moose looked good."

Moan intae the scary big wood
an funnoot whit the score wiz, when the
wee gallus moose squared uptae
an auld owl, a sleekit snake an a ginormous gruffalo . . .

For Stella

First published 2016 by Itchy Coo
Itchy Coo is an imprint and trade mark of James Francis Robertson and
Matthew Fitt and used under licence by Black & White Publishing Limited

Black & White Publishing Ltd
Nautical House, 104 Commercial Street, Edinburgh, EH6 6NF

7 9 10 8 6   20 21

ISBN: 978 1 78530 059 2

The Gruffalo first published by Macmillan Children's Books in 1999
Text copyright © Julia Donaldson 1999
Illustrations copyright © Axel Scheffler 1999
Translation copyright © Elaine C. Smith 2016

A CIP catalogue record for this book is available from the British Library.

Printed in China

LOTTERY FUNDED

The Glasgow GRUFFALO

Julia Donaldson

Illustrated by Axel Scheffler

Translated intae Glaswegian by Elaine C. Smith

Itchy Coo

A gallus moose taen a dauner through a scary big wood.
A fox clocked the moose an the moose looked good.
"Heh, wee moose, don't rush aff.
"Moan have a piece in my underground gaff."
"Naw, yer awright, big man, Ah've goattie go –
Ah'm havin a piece wi a gruffalo."

"A gruffalo? Whitz a gruffalo?"
"A gruffalo? How – d'ye no know?

"He's goat big hackit fangs, an big mingin claws,

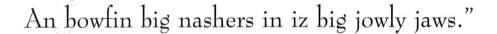

An bowfin big nashers in iz big jowly jaws."

"So eh – where ye meetin him?"
"Doon by they rocks,
An iz favourite food is deep-fried fox."

"Deep-fried fox? Izzat right, wee Tonto?
Well, Ah'll see ye later," an he legged it pronto!

"Stupit big eejit! Diz he no know?
Ersnae sich hing as a gruffalo!"

Aff went the moose through the scary big wood.
Anen an owl clocked the moose,
 an the moose looked good.
"Where ye afftae, wee broon moose?
D'ye fancy some scran in ma highrise treehoose?"
"Naw, yer awright, auld yin, Ah'm pure brand new.
Ah'm havin ma tea wi a gruffalo the noo."

"A gruffalo? Whitz a gruffalo?"
"A gruffalo? How – d'ye no know?

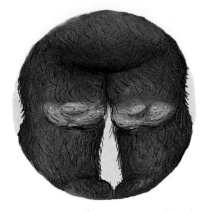

"He's got big bowly legs, an pure hen toes,

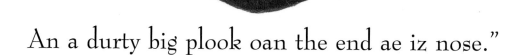

An a durty big plook oan the end ae iz nose."

"Eh – where ye meetin him?"
"This burn here's the place, coz he pure loves watter,
An iz favourite scran is curried owl in batter."

"Curried owl in batter? That's gien me the boak!
Ah'm offski, wee man, afore Ah choke."

"Daft big burd! Diz he no know?
Ersnae sich hing as a gruffalo!"

So oan went the moose through the scary big wood.
Anen a snake clocked the moose,
    an the moose looked good.
"*Howzit gaun, wee yin, howzaboot havin*
A wee tate tae eat in ma stoatin log cabin?"
"Cheers fur the offer, Sammy Snake – no the day.
A gruffalo asked furst, so Ah'm oan ma way."

"*A gruffalo? Whitz a gruffalo?*"
"A gruffalo? How – d'ye no know?

"Eez goat huge
orange peepers,

an iz tongue is
aw black.

An erz giant purple jaggies aw ower iz back."

"*Where ye meetin him, wee man?*"
"Right here at this loch,
An iz favourite nosh is Snakebake Hoch."

"Snakebake Hoch? That's mingin an aw.
Catch ye later, wee barra!"
An Sammy Snake shot the craw.

"Check that sleekit Snake! He diznae know,
Ersnae sich hing as a gruffal . . .

. . . Oh!"

But hooziss big bauchle wi the big mingin claws,
An the bowfin big nashers in iz big jowly jaws?
Eez goat big bowly legs an pure hen toes,
An a durty big plook oan the end ae iz nose.
Eez goat huge orange peepers, an iz tongue is aw black,
An erz giant purple jaggies aw ower iz back.

"Aw naw, jeezo, iss cannae be right.
Gonnae no tell me erza gruffalo in sight!"

"*Pure dead brilliant!*" sez the Gruffalo. "*A moose jist fur me?*
Some pan breid wi you will be good fur ma tea."

"Good?" sez wee moose. "Geezabrek, Big G!
Ah'm the top man roon here – Ah'm no yer tea.
Come ahead wi me anen ye'll see,
Evdy roon here is feart ae me."

"*Zat right?*" sez the Gruffalo, tryin no tae laugh.
"*Well, lead oan, ma friend.*" An they headed aff.

So they daunered oan anen the Big G said,
"*Heh, d'ye hear that, wee wan, in they leaves up ahead?*"

"Och, it's jist Sammy Snake. Haw, Sammy! Hullo!"
Sammy looks up an sees the Gruffalo.
"Aw naw!" Sammy sez. *"Awright, wee moose?"*
An he slithered dead fast tae iz log cabin hoose.

"See, Ah tellt ye," sez the moose wi a swaggerin tone.
"Ah'm amazed, wee man – an you aw oan yer own!"

They daunered some mair anen Big G said,
"Zat a hoot Ah hear, fae they trees ahead?"

"Haw, auld yin!" sez the moose. "Ye in there? Hullo!"
Auld Owl took wan look at the Gruffalo.
"Aw, haud oan a minute!" sez Owl tae wee moose,
An aff he flew tae iz highrise treehoose.

"Well, d'ye believe me noo? Are ye well impressed?"
"Ah'm blawn away, wee man – yer simply the best."

They both daunered oan anen Big G said,
"Ah hear somethin oan the path up ahead."

"Och, it's jist Foxy Fox. Heh, Fox, howzitgaun?"
Fox spotted Big G an went tae move oan.
"Aye, ye're awright, wee man. Ah'm jist aff!"
An he legged it pronto tae iz underground gaff.

"There ye go, Big G, noo d'ye see?
Evdy roon here is feart ae me!
But noo ma belly is startin tae rumble,
An ma favourite puddin is – gruffalo crumble!"

"Gruffalo crumble!" G shouted. *"Aw naw!"*
An up he leapt an shot the craw.

Aw went quiet in the big scary wood.
The moose funna nut an the nut wiz good.